SOURCES

D'UN

NOBILIAIRE

DE NORMANDIE

PAR

P. DE FARCY

(Extrait de l'*Annuaire Héraldique de France 1893*)

SAINT-AMAND (CHER)

IMPRIMERIE DESTENAY

BUSSIÈRE FRÈRES

70, rue Lafayette, 70

—

1893

A Mr Léopold Delisle
hommage très respectueux

P. de Farcy

SOURCES

D'UN

Nobiliaire de Normandie

SOURCES

D'UN

NOBILIAIRE

DE NORMANDIE

PAR

P. DE FARCY

(Extrait de l'*Annuaire Héraldique de France 1893*)

SAINT-AMAND (Cher)

IMPRIMERIE DESTENAY

BUSSIÈRE FRÈRES

70, rue Lafavette, 70

1893

SOURCES

D'UN

Nobiliaire de Normandie

La province de Normandie était la plus étendue et la plus peuplée de l'ancienne France. Avant 1789, elle comprenait à elle seule la onzième partie de la population de ce vaste Royaume, « plus de cinquante « villes, deux cents bourgs, plus de 4000 paroisses... « aussi surpasse-t-elle les autres par le grand nombre « de sa noblesse et des terres illustres puisqu'on y « compte près de 10.000 gentilshommes, dix duchés, « plus de 40 comtés, 50 marquisats et quantité de « baronnies et autres seigneuries qui ont droit de « haute justice [1]... ».

Il n'est donc pas étonnant que le nobiliaire de Normandie n'ait jamais été publié. Cependant malgré les difficultés d'une telle entreprise, nous voulons indi

[1] Géographie du Royaume de France. Dumoulin. Paris, 1754. T. II, p. 3.

quer les principales sources à consulter pour établir, sur des bases solides, sa rédaction future. Chevillard, St-Allais, de Magny etc. ont publié, il est vrai, des nobiliaires, mais le premier s'est exclusivement arrêté à la recherche générale de 1666 et les deux autres se sont contentés de le copier en le modifiant mais sans l'améliorer. En 1864, M. O'Gilvy fit paraître lui aussi un livre qu'il intitulait nobiliaire de Normandie. Sa préface annonçait un plan nouveau exempt de toute compromission, mais le premier volume, seul paru, ne réalisa pas ces promesses ! Presque toutes les familles homonymes y sont confondues, et beaucoup y sont traitées avec une désobligeance que rien ne saurait justifier. A l'entendre, les principales familles Normandes seraient issues de batards [1]...

La Roque, en publiant son histoire de la famille d'Harcourt, a réuni des matériaux précieux qu'une table manuscrite mettra à la portée des travailleurs [2].

Il convient de diviser la noblesse Normande en trois catégories : la noblesse chevaleresque, la noblesse inféodée, la noblesse par lettres du prince et par fonctions.

— La noblesse chevaleresque de Normandie remonte aux premières années du xie siècle, mais elle a eu, en général, peu de durée : ce qui s'explique naturellement d'abord par son émigration en Angleterre à la suite de Jean-sans-Terre, et ensuite par les guerres successives qui l'ont décimée, expulsée et finalement ruinée dans la première moitié du xve siècle.

Pour en dresser la liste, il faut consulter les chartes

[1] Nobiliaire de Normandie, p. 75, 76, 279 etc.
[2] La table des 4 volumes se compose de 80,000 citations. Nous la tenons à la disposition de tous ceux qui auraient des recherches y faire.

des nombreuses abbayes qui furent fondées dans ses sept évêchés. C'est là seulement que l'on peut trouver les premiers membres de ces familles dont un certain nombre n'eut jamais d'armoiries particulières. Ce fut en effet à l'extrême fin du XIIe siècle et plus généralement au commencement du XIIIe qu'elles devinrent héréditaires. A cette date, déjà, beaucoup étaient disparues ou tombées en quenouille. Mais en parcourant ces innombrables chartes, témoins de la générosité des puissants et des riches d'alors, il faut se garder d'accepter tous les noms sans contrôle. On doit s'assurer si le donateur prend la qualité de Chevalier ou d'Ecuyer, s'il possède un fief, sinon il convient d'écarter son nom. Le manque de ponctuation ferait de *Goscelini de Allemania* un membre d'une famille noble d'Allemagne, tandis qu'il s'agit d'un *Goscelin*, de la paroisse *d'Allemagne*.

Tout d'abord la possession d'un fief est une preuve certaine de noblesse, mais sous St-Louis il fut permis aux roturiers, dans de certaines conditions, d'acquérir des fiefs, comme nous le dirons tout à l'heure. Il faut donc examiner avec soin les rôles Normands publiés dans les mémoires de la société des antiquaires de Normandie et les aveux rendus au Roi. Signalons d'abord en première ligne les 12 volumes d'aveux de Normandie conservés aux Archives Nationales et dont Brussel a rédigé, au siècle dernier, un catalogue raisonné de 801 pages. C'est le registre PP 24. Le même fief y figure souvent sous deux noms ou sous une orthographe différente. — Nous avons la *copie* des élections de Bayeux, Caen et Vire.

Les archives départementales renferment aussi un grand nombre d'anciens aveux.

Les montres des gens d'armes et leurs quittances

scellées, classées dans les cartons de Gaignères, sont une mine inépuisable que les deux volumes de M. Demày [1] n'ont pas complètement mis en lumière, sans parler des registres particuliers aux Evêchés, aux abbayes, aux prieurés ! La Bibliothèque nationale renferme aussi une collection considérable dite « *Pièces originales* ». On trouve également un grand nombre de montres à la galerie Mancel à Caen, etc. etc.

Le ban et l'arrière-ban convoqué par les rois de France depuis le xiiie siècle se composaient exclusivement à cette époque de gentilshommes. Qui ne connaît les deux listes de 1272 [2] publiées par la Roque ? Il existe un grand nombre de manuscrits intitulés « fiefs du Roi » composés pour la convocation ou les taxes à prélever pour l'arrière-ban. Sans prétendre les connaître tous, voici la liste de ces recueils que nous avons pu examiner.

1469. Monstres générales du Baillage d'Evreux. Bonnin, 1853.

1503. — Registre des fiefs du Bailliage de Caen. Beaucousin, 1891.

1528. Arrière-ban de Carentan, Galerie Mancel Caen.

1551. Arrière-ban d'Alençon, 1555 exemptions... Copie du xviiie à M. le Comte de Contades, château de St-Maurice du désert (Orne), et *Copie* dans ma collection.

1556. Rôle des fiefs du pays de Caux. Bibl. Nat. fonds français 5355.

1560. Fief du roi : Vicomtés d'Arques, d'Auge, d'Avranches, Bayeux, Caen, Carentan, Caudebec,

---

[1] Inventaire des Sceaux de la collection Clairambault. Paris, 1885, 2 vol. in-4⁰.

[2] Traité de la Noblesse 1735. Rouen, p. 71 et 81.

Coutances, Montvilliers, Mortain, Neuchâtel, Pont-Audemer, Rouen, Valognes et Vire etc. Copie du XVIIIᵉ à M. Le Comte de Blangy, château de Juvigny (Calvados) et *copie*.

1562. Taxe de l'arrière-ban d'Evreux, Abbé Le Beurier, 1861.

1562. Rôle de la montre de l'arrière-ban du bailliage de Caen. Bibl. Nat. fonds français 24115 et *copie*.

1567. Rôle des fiefs du pays de Caux Bibl. Nat. ff. 5355.

1567. Taxe de l'arrière-ban de la Vicomté de Valognes. Bibl. Nat. ff. 24115 et *copie*.

1568. Taxe de l'arrière-ban du bailliage de Caen. d. *id*.

1587. Compte du Ban des Vicomtés d'Arques et Neuchâtel, id. ff. 24118.

1639. Rôle des fiefs du bailliage d'Alençon. Original, château de Rasnes et *copie*.

1640. Rôle des fiefs du bailliage de Caen. Bulletin héraldique de France, Paris 1890 et Bibl. Nat. 18942.

Vers 1660. Etat des fiefs nobles de la Généralité de Caen. M. du XVIII dans ma collection.

1703, Etat des gentilshommes du bailliage de Giors .Archives de L'Eure et *copie*.

Dans les listes de noms que fournissent les montres du XVᵉ siècle, tous ne peuvent être admis comme nobles, un certain nombre se rapportent à des familles étrangères à la Normandie, et beaucoup d'autres concernent celles qui acquéraient la noblesse dite inféodée, en remplissant les charges dues par les fiefs nobles qu'elles possédaient.

Les anciens armoriaux fournissent des renseignements précieux sur les blasons des familles féodales. Celui du hérault Navarre (1396) est incontestablement pour la Normandie le premier en date [1] et le plus intéressant, puisqu'il donne les noms de 300 chevaliers ayant vécu à cette date et celui de 160 de leurs cadets ou juveigneurs. Après avoir collationné les cinq exemplaires de la Bibliothèque nationale, nous avons pu établir un texte aussi exact que possible et nous nous proposons de le publier un jour.

C'est cet armorial que Du-Moulin [2] a publié sous le titre de *Catalogue des Seigneurs de Normandie... qui furent à la conquête de Jérusalem sous Robert Courteheuze et Godefroy de Bouillon*. Il ajoutait, il est vrai, P. 17. « Je scay que ce catalogue des français est « postérieur d'un longtemps à la conquête de Hiéru- « salem et néantmoins d'autant qu'il pourra conten- « ter les curieux... j'ai bien voulu le donner au pu- « blic... ». Cette erreur a été malheureusement répétée par tous les auteurs généalogiques et chose incroyable! malgré les avertissements dont quelques-uns remontent au siècle dernier [3], malgré les progrès de la science, elle l'est encore de nos jours. Une simple réflexion suffirait cependant à démontrer l'absurdité de cette attribution. Beaucoup de cadets portent comme brisures aux armoiries de leurs aînés des écus ou des pièces empruntées à celles de leur mère ou grand'mère. De la sorte il faudrait admettre que toutes les armoiries de ces 1.500 familles existaient dès avant l'an 1000. Voyez de Fourmont, *l'Ouest aux croi-*

---

[1] Le hérault Gelre (1334) a composé une sorte d'armorial de l'Europe que Mr V. Bouton a publié et reproduit avec un grand luxe, mais il ne renferme que dix noms relatifs à la Normandie.

[2] Histoire Générale de Normandie, Rouen, 1631.

[3] La Chesnaie des Bois répète l'erreur dans nombre d'articles V. T. II, p. 82, 179, mais dans d'autres il dit clairement « que ce catalogue est postérieur de plus de deux siècles... qu'il fut composé au temps de Charles V ».

sades, Noulens, *Généalogie de Clinchamps*, P. 426, etc. etc.

Les armoriaux composés au xv° siècle par Gilles le Bouvier et le hérault Secille ne sont que de pâles imitations du précédent et fournissent peu de noms nouveaux.

Il faut enfin tenir compte des titres des familles qui se trouvent dans les archives départementales, dans les bibliothèques publiques et dans les collections particulières [1]... il en est de même des registres des notaires, des actes de l'état civil des paroisses etc...

— La noblesse inféodée était celle qu'un roturier acquérait, lentement il est vrai, mais sûrement par la profession d'un fief noble à condition toutefois d'en remplir les charges, c'est-à-dire de faire le service militaire dû par son fief. Instituée et réglementée par St-Louis, elle fut sanctionnée par Louis XI lors de la fameuse charte des francs fiefs en 1470. Elle subsista jusqu'à Henri III qui par l'ordonnance de Blois de 1579 retira la noblesse aux roturiers possesseurs d'un fief. C'est elle qui jusqu'au xvi° remplit les vides que les guerres, la ruine ou le manque d'héritiers mâles faisait dans les rangs de la noblesse chevaleresque. C'est par elle qu'un nombre considérable de familles peuvent remonter leur filiation jusqu'au xv° ou xvi° siècle, sans annoblissement pa charte ou fonctions.

« Le premier possesseur du fief ne prenait pas la « qualité de noble ; souvent le second s'en abstenait

---

[1] M. Biochet, notaire honoraire à Caudebec en Eaux possède d'innombrables fiches sur les familles de Normandie et se propose de les publier. Nous-même avons réuni plus de 12.000 pièces et nous en mettons l'inventaire à la disposition de ceux qui s'intéressent à ces recherches.

« aussi, mais le troisième ne manquait jamais de se
« qualifier écuyer ou noble [1]... » Souvent ces familles
quittèrent leur nom patronymique pour prendre celui
de leur fief et avec lui les armoiries des anciens possesseurs auxquels elles espéraient se rattacher ainsi...

— La noblesse par lettres du prince ne remonte pas
au-delà de la moitié du xiv° siècle. A cette époque
elles étaient très rares. Pendant un espace de 100 années, on ne connaît en Normandie qu'une douzaine
de lettres d'anoblissement [2]. Cependant les besoins
toujours grandissants de ressources financières les
firent adopter et multiplier surtout à partir du règne
de Henri III. Ce fut la cause de l'ordonnance de 1579
qui abolit la noblesse par inféodation.

On trouve un grand nombre de listes ou états des
anoblis de Normandie. M. l'abbé Le Beurier les a publiés d'après deux exemplaires du xvii° siècle, qui sont
malheureusement incomplets et inexacts car ils con-
fondent ensemble des anoblis, des confirmés et des
réhabilités. Il a existé une série de registres du
xvi° siècle écrits sur parchemin avec un grand soin
et copiés sur les registres de la chambre des comptes
et des aydes. Ils devaient servir à ceux qui, par leurs
fonctions, étaient appelés à fixer l'état des familles.
Nous en connaissons deux. L'un se trouve à la Galerie Mancel, à Caen, n° 3842 : il se compose de 300 articles concernant des anoblis de 1501 à 1587. On y

[1] Labbey de La Roque. Essais sur les moyens... de s'anoblir soi-
même en France, 1815, p. 52.

[2] L'abbé Le Beurier, dans son état des anoblis de Normandie,
Evreux 1866, cite d'après La Roque (p. 3), dix anoblissements
de 1344 à 1398. Nous avons dans nos titres de famille un Vidille
de 1392 des lettres accordées en juillet 1391 à Michel et Robert
Aumont frères par 80 fr., réglé aux comptes le 13 janvier.

mentionne l'enregistrement à la chambre des comptes
et à la cour des Aydes et les raisons de l'anoblissement. Un autre de même format et écriture se trouve
dans notre collection ; celui-ci se compose de 260 arrêts contradictoires de maintenues de noblesse de
1473 à 1527. Une partie de ces arrêts figurent dans
l'*Etat des anoblis* comme lettres d'anoblissement. On
trouve aussi un grand nombre de listes manuscrites,
nous en possédons quatre absolument différentes.
Elles se complètent et se rectifient les unes les autres
et pour avoir un travail complet sur les anoblis de
Normandie, il faudrait vérifier sur les diverses maintenues chaque nom et chaque date.

On connaît aussi des listes de ceux qui furent anoblis en 1470 par la charte des francs fiefs. Le Mss Yº 3
de la Bibliothèque de Rouen, dont nous avons une
copie, renferme « la liste des enfants dont les pères
ont été anoblis par lettres patentes et chartes des
francs fiefs ». Cette liste dressée en 1490 mentionne
194 noms répartis entre 13 élections. Certaines fonctions du parlement, des finances, etc. anoblissaient
aussi leurs titulaires ou les enfants de ceux-ci..

Il nous reste maintenant à parler des maintenues
de noblesse qui, à partir du xvᵉ siècle, fixèrent à épo-
ques irrégulières l'état des familles nobles. Les unes
furent générales à la province, les autres particulières
à chaque élection ou Vicomté. Déjà avant 1463 beaucoup de familles dont la noblesse était contestée par
les collecteurs des tailles, avaient eu recours à des
lettres du prince ou à des arrêts de la chambre des
comptes pour terminer des procès avec des habitants
des paroisses où étaient situés leurs fiefs. Le 6 juin 1370
Jean de Moulineaux obtenait des lettres de confirma-
tion de noblesse conservées aux archives du Calva-

dos. C'est ainsi qu'Etienne Louis fut maintenu en 1387 lors de la recherche ordonnée par Pierre Comte d'Alençon et du Perche etc. Quoique toutes les familles n'aient pas paru à chaque maintenue, soit qu'il y eût des mineurs, des absents au service du roi, soit par suite de fonctions dispensant de produire, soit enfin pour quelque cause particulière, il faut cependant reconnaître que ces diverses maintenues se corroborant l'une l'autre forment comme un vaste filet dont les mailles de plus en plus étroites laissaient passer peu de familles sans les atteindre.

C'est pourquoi il nous a paru nécessaire d'en dresser un tableau, priant les personnes qui en connaîtraient d'autres de bien vouloir nous les signaler[1].

Rouen.			1540						1666
Caudebec.	(1463)			1556					1666
Montivilliers.		(1523)							1666
Arques.	(1463)	1523		1556					1666
Gisors.	(1463)	1523		1556					1666
Evreux.		1523							1666
Alençon.	(1387)	1523						(1641)	1666
Lisieux.	1463	1522.24	1540						1666
Falaise.	1463				1598				1666
Caen.	1463			(1555)	1598		1634		1666
Bayeux.	1463	1523	1540		1598		1634		1666
Vire.	1463				1598	1624	1634		1666
Avranches.	1463				1598		1634		1666
Coutances.	1463	1524			1598		1634		1666
Carentan.	1463				1598	1624	1634		1666
Valognes.	1463	1523		1576	1598	1624	1634		1666
Mortain.		1523			1598		1634		1666

Les Elus, dans leurs élections, étaient tout d'abord et demeurèrent jusqu'au XVII° siècle chargés de sta-

[1] Les dates entre parenthèses sont celles de recherches connues seulement pour être citées dans les maintenues postérieures.

tuer sur la noblesse en cas de contestation. C'est ainsi
que Guillaume de la Perrelle fut maintenu en 144᠉ par
des élus de Vire, c'est ainsi que l'an 1606 Jean et
Abraham de Rotz le furent par les élus de Bayeux etc.

La plus ancienne recherche générale de Normandie
est celle de 1463. Le roi Louis XI, pour mettre fin aux
abus dont se plaignaient les Etats, adressa le 1er janvier 1463 à Raymond Montfaoucq, général des mon-
naies en Normandie, une commission pour y recher-
cher les usurpateurs de noblesse ; mais dès le commencement de l'année suivante, avant même qu'il eût
achevé son œuvre, le roi, cédant aux récriminations
qui s'élevaient de toute part « révoqua la commission,
« déclara nul le rôle par lui dressé et défendit de
« s'en prévaloir pour ou contre ceux qui y étaient
« compris. De là vint qu'il n'est jamais cité, ni dans les
sentances des élus, ni dans les arrêts des généraux
des aydes à Rouen... [1] » L'œuvre de Montfaut comprenait les 9 élections de la Basse-Normandie ; les
rôles de celles d'Arques, Caudebec et Gisors furent
perdus par le bailli de Caux [2] et il n'eut pas le temps
de faire les autres. Il maintint 1,024 personnes nobles
et en renvoya 301 payer taille... mais celles-ci, par
suite de la révocation de la commission, continuèrent
de jouir et c'est alors que pour régler toutes difficultés, Louis XI rédigea au Montils-les-Tours, en novembre 1470 la charte des francs fiefs [3]. Un certain nombre de familles, même reconnues nobles [4] pour préve-

---

[1] Labbey de La Roque. Recherche de Montfaut Caen, 1818, p. 4.
[2] Abbé Le Beurier. Recherche de l'élection d'Evreux, 1868, p. 16
voir la note.
[3] Idem Etat des anoblis de Normandie, p. 6.
[4] La famille Basire, l'une des 3 anoblies aux fiefs dans l'élection de Bayeux en fournit la preuve. Jean Basire avait été main-

nir toute contestation future, *commirent la faute* de solliciter des lettres d'anoblissement accordées à tout possesseur de fief noble ; jamais leur postérité ne put s'exempter de cette tâche qui, pour certains, n'était cependant qu'imaginaire. Veut-on savoir quel fut le sort des 31 familles renvoyées par Montfaut dans l'élection de Bayeux ? cinq furent maintenues au xve siècle ; douze au xvie siècle, trois se firent anoblir par la charte des francs fiefs ; tant qu'aux onze autres, plusieurs dont le nom ne peut s'identifier s'éteignirent immédiatement et les autres ne paraissent plus au siècle suivant.

On connaît un grand nombre de copies manuscrites de la recherche de 1463. Elle a été imprimée plusieurs fois [1], mais la seule édition à consulter est celle que M. Labbey de la Roque fit paraître en 1818, avec un supplément en 1824. La copie que nous avons faite d'après cette édition a été collationnée sur un grand nombre d'autres et notamment sur celle de M. Le Comte de Blangy. Celle-ci donne en plus 98 noms nobles et 39 renvoyés. L'Election de Falaise à elle seule en fournit plus de la moitié : 72 et 32.

En 1522-1524, eut lieu une autre recherche, mais elle fut faite par les Elus dans leurs élections. On en connaît un certain nombre dont quatre pour la haute Normandie.

Election d'Arques. — Elle contient 145 familles.

tenu noble à la chambre des comptes de Rouen le 22 novembre 1448, son fils Renaud, celui là même qui obtint des lettres le 20 novembre 1473, avait été lui-même maintenu le 10 juillet 1450.

1 Varoquier. Tableau généalogique de la noblesse, Paris 1787. Le hérault d'armes. Cette copie était en patois bas normand, ce qui défigure sans aucun profit presque tous les noms de famille.

Cette recherche a été imprimée et contrôlée sur le registre des fiefs du bailliage de Caux en 1503. — *Copie.*

Election de Montivilliers. — M^{ss} aux archives de l'Eure.

Election de Neuchâtel. — M^{ss} aux archives de l'Eure.

Election de Caudebec. — M^{ss} aux archives de l'Eure.

Election de Gisors. — M^{ss} aux archives de l'Eure ; mais elle ne contient que 9 noms.

Election d'Evreux. — Elle a été publiée par l'abbé Le Beurrier, Evreux 1868. Elle renferme 86 articles et mentionne les armoiries de 28 familles, de nombreuses notes complètent ce travail.

Election d'Alençon. — M^{ss} de M. le Comte de Blangy. Elle renferme 104 noms. — *Copie.*

Election de Lisieux. — Elle eut lieu en 1522 et en 1524, 187 familles furent maintenues et souvent on indique la date de l'anoblissement ou la plus ancienne pièce fournie. M^{ss} de M. le Comte de Blangy. — *Copie.*

Election de Bayeux. — Cette recherche dont la copie la plus complète est dans la Bibliothèque du Chapitre de Bayeux, n° 17, est particulièrement intéressante parce qu'elle donne la filiation, les alliances et qu'elle contient la liste des pièces fournies. On peut s'assurer qu'à cette époque on n'exigeait pas les trois titres authentiques par chaque degré. Un certain nombre de familles présentèrent des Chartes latines du xiiie siècle. — *Copie* du xviie siècle ; sans les preuves et *copie.*

Election de Coutances. — Le M^{ss} Y° 3 de la Bibliothèque de Rouen ne contient que les sergenteries de

S^t-Lô et du Hommet. Il y a 31 articles et 10 dé-
faillants. Les preuves sont indiquées. — *Copie*.

Election de Valognes. — M^{ss} Y^o 3 de Rouen, 173
articles dont quelques-uns avec preuves. *Copie*.

Election de Mortain. — idem. 70 articles. *Copie*.

En l'année 1540 une nouvelle recherche eut lieu
par élection : on en connaît trois seulement.

Election de Rouen. — M^{ss} de M^r Le Cte de Blangy.
Elle ne contient que la liste des 200 maintenus, avec
mention des anoblissements ou arrêts de la chambre
des comptes antérieurs. *Copie*.

Election de Lisieux. — Elle a été publiée en 1827
par Mr Labbey de la Roque. Celle-ci complète celles
de 1522 et 1524. Elle renferme 312 articles donnant
des détails intéressants. — *Copie* collationnée sur le
M^{ss} de M. Le Comte de Blangy.

Election de Bayeux. — M^{ss} de la Bibliothèque
Martinville à Rouen n° 101, il intéresse 202 familles,
on y mentionne les preuves fournies. — *Copie*.

La recherche de 1555-1556 dont on connaît seulement une élection [1] fut peut-être la même que la pré-
cédente.

Election d'Arques. — M^{ss} de la Bibliothèque Nationale fonds français 5351. Elle contient les Vicomtés
d'Arques et de Neuchâtel.

En 1576. Les Elus de Valognes firent la recherche
des nobles dans leur Election. 180 familles y figurent.
M^{ss} archives de la Manche. — *Copie*.

Une recherche générale eut lieu en 1598-1599 dans
la généralité de Caen par Jean-Jacques de Mesmes

---

[1] On sait qu'elle eut lieu également en 1555 dans les élections
de Caudebec, de Gisors et de Caen par des mentions dans les
maintenues postérieures.

Ch^r Sr de Roissy. Elle n'a jamais été imprimée, mais il en existe un grand nombre de copies anciennes souvent défectueuses ou incomplètes. Roissy commença à Valognes le 22 octobre 1598 et termina le 30 septembre de l'année suivante. D'abord il se contenta de mentionner l'ancienne noblesse des comparans « veu leurs titres d'ancienne noblesse jouiront. » A Coutances le 5 décembre suivant il dit pour la première fois « jouira ; veu les mémoires de Monfaoucq. » L'année suivante ces citations se multiplient. On y trouve aussi mention de familles maintenues sans anoblissement quoique les ascendants directs aient été déclarés « Roturiers dans Montfaut. » Quelques filiations y sont données, les condamnés y sont mentionnés. — *Copie* collationnée sur l'exemplaire de M. Le Comte de Blangy.

En 1624 une nouvelle recherche faite par les Elus eut lieu dans quelques Élections.

— Election de Valognes. M^ss archives du Calvados et Galerie Mancel. Elle comprend 48 familles dont les noms seuls sont cités avec la date de la maintenue. — *Copie*.

— Election de Carentan, idem. On y donne la filiation et quelquefois les pièces fournies par 123 familles. — *Copie*.

— Election de Vire, idem. 40 familles avec preuves. — *Copie*.

Election de Bayeux ; M^ss Bibl. de Rouen Y° 16. Elle comprend 211 familles, la filiation et les armoiries sont données ainsi que quelques pièces fournies. — *Copie*.

Dix ans après, le Roi nommait Etienne D'Aligre commissaire pour le régallement des tailles en la généralité de Caen. Il commença le 27 septembre 1634, il avait terminé à Vire, le 17 mai 1635. Les filiations y sont données, il appuie ses jugements sur Roissy et les commissaires des francs fiefs. Cette recherche n'a pas été publiée. On en connaît des copies manuscrites à la Galerie Mancel, etc. — *Copie.*

En 1640 Robert de Blanchouin fut député pour la recherche de la noblesse d'Alençon, ainsi qu'il paraît par la production que firent devant lui le 2 mars 1651 plusieurs membres de la famille de Croisilles, mais cette recherche ne figure nulle part.

La Recherche « la plus fameuse par la rigueur des « procédures, la durée des poursuites et la quantité « des amendes versées dans le trésor public est celle « qui fut commencée avec beaucoup de rigueur en « 1666, à l'instigation du Grand Colbert... Suspendue « en 1674 à cause des guerres, elle fut reprise... en « 1696 et n'a entièrement cessé qu'en 1727.

Elle fut générale à toute la France. Les trois intendants des Généralités de Rouen, Alençon et Caen étaient Barrin de la Galissonnière, Hector de Marie et Guy Chamillard. Si les registres originaux n'existent plus, on en trouve de nombreuses copies et les recherches de Rouen et de Caen ont été l'objet de travaux précieux à consulter.

Généralité de Rouen. — La recherche de Barrin de la Galissonnière n'a pas été imprimée. La Bibliothèque de Rouen en possède un exemplaire complet dont l'auteur est inconnu. A la suite du nom de chaque comparant, se trouve sa filiation accompagnée de notes indiquant certaines pièces fournies et dont quelques-unes sont postérieures à 1666. On y décrit les armoiries, les supports, les cimiers [1]. Les nobles de

---

[1] Dans ma collection, deux volumes — il en manque un troi-

chaque élection sont rangés par ordre alphabétique.
— *Copie*.

Généralité d'Alençon. — La recherche d'Hector de
Marle ne comprend que les noms des comparants avec
l'indication des paroisses où ils résidaient. Ils sont
divisés en anciens nobles, renvoyés au Conseil, anoblis et usurpateurs. Elle a été imprimée dans l'annuaire de l'Orne. On connaît quelques fragments de
copies anciennes mentionnant les armoiries. — *Co-*
pie.

Généralité de Caen. — Il existe pour la recherche
de Chamillard un travail analogue à celui de Rouen,
outre des listes pareilles à celles de de Marle. L'auteur
en est également inconnu. L'exemplaire de la Bibliothèque de Bayeux donne la table des mémoires et
recueils qui ont servi à sa rédaction ; on cite notamment « la recherche de M. de Loucelles, un recueil
des anoblissements tiré d'un M^{ss} à M. L'abbé d'Anisy,
un extrait de plusieurs arrêts, même provenance, etc.»
Chamillard a divisé toutes les familles en trois catégories, les anciens nobles, les nobles de quatre degrés
et les anoblis. Cette classification est essentiellement
fautive et erronée. En effet, il n'admet parmi les anciens nobles que les familles déjà reconnues telles
par Montfaut. Mais... comment se fait-il que nous en
trouvions huit qui n'y figurent pas, quatre qui aient
été anoblies avant 1463 ? trois renvoyées par Montfault
et une anoblie parla Charte du francs fiefs ? Parmi les
nobles de quatre degrés, on trouve des anciens nobles
de Montfault, des renvoyés, des anoblis même au

sième — copie du XVIII et 400 feuilles d'un travail. Au haut de la
filiation de chaque famille se trouve un écusson peint d'une fa-
çon très irrégulière. Les uns sont fort élégamment dessinés, les
autres sont indignement *barbouillés*.

xve siècle. Il en est qui furent maintenus sans fournir, sur l'ordre du Roi P. 405. La liste des anoblis avant 1611 comprend des nobles dans Montfault, des anoblis avant et après la charte des francs fiefs. Si la faveur et les *considérations* de personne n'ont pas influencé les jugements de Chamillard, on est en droit de se demander pourquoi ces confusions et ces exclusions.

Afin d'obvier à ces inconvénients et ne tenant aucun compte de ces classifications, nous avons rectifié la recherche de 1666 en nous aidant des maintenues de noblesse précédentes et des listes d'anoblissement. Il en existe d'ailleurs un grand nombre de copies et elle a été publiée par M. du Buisson de Courson. Caen, 1887 avec un supplément 1889. Il convient d'y joindre les notes et documents par M. de Beaumont, Caen 1890.

Chevillard avait déjà publié vers 1720 un nobiliaire de Normandie composé de 2623 blasons gravés en 27 feuilles. On y trouve un grand nombre des familles maintenues en 1666 dans les trois généralités. A la suite, dans quelques exemplaires, se trouvent les additions contenant environ 30 noms.

A consulter encore les convocations aux états généraux de 1789 [1], le nobiliaire de l'empire et les anoblissements du xixe siècle, etc. Telles sont les sources manuscrites d'un nobiliaire de Normandie, sans parler des livres et brochures qui feront le sujet d'un second article.

P. DE FARCY.

---

[1] Catalogue des gentilshommes du baillage de Vire Candrel. Vire 1862.

www.ingramcontent.com/pod-product-compliance
Lightning Source LLC
Chambersburg PA
CBHW061418170626
46811CB00005B/2030